詩集

冬の蟬

水島美津江

土曜美術社出版販売

詩集　冬の蟬＊目次

装丁／司　修

詩集　冬の蟬

赤レンガの家

南の小窓から月のひかりが
闇の壁に添って幽かに流れ込んでいる

テーブルの上に
藍色のスープ皿とスプーンが置かれ

病が創った囲いの部屋のなかで
絡みついてくるシャカイの隔たりを
日に日に深めていく蒼いひとを

いつもと同じように
ガラスの椅子は待っていた

家人が寝静まらないと
細った影は決して降りてはこない

「夕食だ」と
大男の消滅しそうな声が問いかけている

応答はない

大男よ
こころに掛かる部屋に手をあてないで
まして傷の欠片を覗かないで

蒼い影の孤独を埋めるには
　わたしたち自身の
　　孤独に耐えなければならない
おぼつかないわたしの耳元で
遠くから
「ママ　早くごはんにして」と
　せがむ幼い声が　滲んで

いつまでも瞑れない目の奥で
　切ない海が小さく渦を巻いている

艶やかな香りを放つでもなく
幾つもの重なりあった冬薔薇が
かたい花弁を閉じて
　　寂しさを束ねている

時間を伝わり
　野菜スープの匂いがして
　　保温器の火が
ちか　ちか　と赤く　燃えている

失語の人

幾千本の松の
幾千億のざわめきをぬけると
冴え冴えと拡がる海があった

弧をえがく潮流に
水鳥の細い脚がくるめき
ターコイズブルーの渦巻きが
見事な流動をつづけている

地平線上に折り畳まれていくしろい波の
ひたひたと足下《もと》まで満ちてくる不毛の回路に
あなたの口元はかたくむすばれて
何も語ろうとしない
深く沈む眼底に
　うらぶれたこころと
激しく揺れ動く海を
　二重にうつしている

石油臭い時代の海を刻々と
駆けめぐってきた痛ましい漣が傾いて

微かにずれていく流砂の上に
象牙色の貝殻《ことば》を
ぽろ
ぽろと
はきだした

インターネットカフェ

飲んでも
　のんでも
底のない酒を呷って
家を出たっきり
朝まで戻らなかった男を捜しに
　街にいく

空を見上げると
制御不能な大きな鳥が
高層ビルディングにぶつかり
くるくる　と落下していった
曲がりくねった路地と路地を跨いで
黄色のビルの一室に入ると

気だるいエアコンの風が流れていて
人と人との交わり合いを絶ったような場所に
薄暗い闇が淀んでいた

区切られた小さな空間に
漫画本やパソコン
お茶やジュースのカップが散乱し
無造作に脱ぎすてられたコートが
　　　　ひとのかたちをしている

箱のようなひとつの簡易ベッドの
茶色の毛布の中から
見覚えのある脚がはみでて
穏やかな表情を浮かべ
こん　こんと寝入っている

家があっても家庭にもどらない

男はいつも
独りでいる寂しさを抱きに
　ここにやって来るのだ

冬の蝶

虚勢を張る力もなく
世俗の砂に沈み込んで

うその上に
嘘を積み重ねて
不確かな夜をふらつき
眠れないセイシンに
飲む酒があおられ

ひとつの秩序を破って
恋人に手を振り上げ
警察の保護室に居る　という
わたしの胸の
　　不安と怒り
どうしようもない男の病いが
　ひり　ひり　と　痛んで

あどけない少年が
無心に蹴った柔かなサッカーボールは
どこへ飛び上がり
　いってしまったのだろうか

もうそんな素朴な時は再びやってこないだろう
薄闇にさびしい明かりをともした

そう
ありのままを受け入れよう
明けてくる朝いちばんに

冬の蝶となって
まよい揺れながら
男《おまえ》をむかえにいこう

粥

――隣の患者の息子へ――

自称ニートだと言う長髪の男が母の
食事表を凝視《みつ》めながら
　こんな量じゃ　少な過ぎる
いのちの絆なんだから
もっと食べなきゃ
　約束だよ　と
悲愴な顔をして帰っていった

張りつめた昼の風景が剝がされて
鎮まった病棟に
夕餉の匂いやざわめきが廊下を滑っていく
隣の婦人の影がベッドに腰を降ろして
食事を取っている気配がする
ひと匙スープを飲み込んでは
　　ゲップ
青魚を嚙んでも
　　ゲップ
幾度も繰り返されるゲップ　　ゲップの
　　苦しげな音が　漏れてくる

母は息子との頑なな約束事を守るために
今にも消滅してしまいそうな背を起こして
粥を流し込むのだが
弱っていく躰にとろけ込んでいくこともなく
細い喉の奥から　逆流してくるのである

看護師が
　誤飲すると　怖いから
もう　止めようね　というけれども
白いカーテンを透かして
諦めることなく
　ふーと　ため息を吐いては
どうしようもないゲップ　ゲップの
　ちゅうじつな音がはみ出てくるのである

とっくに食事を終えたわたしは
じっと　眼を瞑り

薄墨色の病棟の
　片隅で独り食する婦人の

ぐつ　ぐつと
やわらかく煮込まれた白い粥よりも
惜しみなく燃焼し
溢れ出てくる切ない愛の音を
　　哀しく　聞いている

のぞみ三五九

ゆたかに消費した時が去って
今日も
新神戸　新大阪　京都から　東京へと
黄昏時の高架線上を
のぼり　くだりの列車が行き交っている

狭い通路を抜けた一五号車
ネクタイを外した人の肩辺りから
ふわ　ふわ　ふんわり　と
白い煙の群れが立ち上がって
　　自由　自在に
ゆっくりと天井に登っていく
仕事から解放された男たちは
生ビールを片手に
いちにちの緊張を飲み
乾いた薫りに畳み込んで
削られていく時を深々と燻らしている

走っていく部屋に
幾つものパソコンが
おなじように点滅して

正直そうな皺を寄せてタブレットを覗く人や
鞄を抱いたまま眠り流れついたひとの
画面上を微かな電子音を発して

棒グラフの新情報が
　さら　さら　と　流れていく
スマホに触れる事が
いっときの欠落の時を埋めてくれるのだろうか

男も女も
柔らかな指を滑らしている
細い指の　もっと先は
何処へ繋がってゆくのだろう
　きっと暖かな流域にちがいない

車窓のむこうで
太陽の腕が太平洋を抱いて
白い鳥たちが地平線上を
二枚の帆を大きく拡げ
細長いすべらかな頸を
すくっとあげて
　紅色のなかへと溶け込んでいった

だんだんと暗くなって闇のなか
のぞみ三五九は刻々と
東京にむかってひた走っている

私もまた　カンチューハイを片手に
いつも心に纏って離れない
どうにもならないおとこの半生に思いを馳せ
　おもたい息を　はきだしている

蜉蝣《かげろう》の人

屋敷を売り払って
老人ホームに入居した女《ひと》が
　来る日も来る朝もやって来るのは
かつて棲んでいた家

どっかりとした門柱に
ちいさな肩を傾けて
草茫々な庭を懐かしそうに眺めている

のどかに過ぎ去った歳月に染まって
薄緑の庭を彩る洗濯物が泳ぎ
犬が芝を走り回り
坊やがはしゃぐ
女の子の縄跳びの輪が拡がっていく
その女は
暖かい缶コーヒーの蓋を「ぽん」とあけて
もはやここには戻ってはこれない
　ひとりの男を待ちながら……

めくるめく緑の音符を
ひとつ　ひとつ
甘い香りとともに飲み干して

エレガントなワンピースを
あるがままの風にまかせて
さっき来た坂の道を

白いコンクリート造りの
やるかたないホームの一日へと
ゆっくりと　還っていく

冬のライオン

まだ薄暗い黄昏時の街
真新しい商業ビルの暖簾を潜って
中央の九人掛けテーブルへと

青い野球帽を被った男や
穏やかでゆったりした風貌の紳士たちが
うすいたてがみを揺らしながら集まってくる

駆けつけ一杯のグラスワインとブルーチーズを注文する人や
「奥さんと子供の為に働いてきた」とぽつり　ぽつりと呟きながら
　手酌している男

低くボサノバの曲は流れて
過去の栄光や成功談ばかり話しながら
「引き返し不能さ」と
一人寄せ鍋の具をゆっくりかき混ぜる人

まだ燃え切らない物語を巻き戻し
あり余る時間に不満はないが
居場所探しの明日への不安を
熱い桃色の肉にのせて飲み込んでいる

突然
初老の男性が
携帯電話を手に
ひときわ大きな声で
「もーし」「もし」と
嬉しそうに瞳を輝かせて席を立っていった

やがて
独り　ふたり　三人とテーブルから離れて

「お元気で」と
細い肩を揺らして
　もと来た路地へと溶けていった

ターミナル駅の
遠い風景と
　近くの景色が交わるころ

待ちわびたいっときを求めて
むこうから降りてくる通勤客の波が
こちらにむかって
冬枯れた並木のイルミネーションをくぐって足早にやってくる

一日の躰の疲れをゆすりながら
彼らはどんな夢のつづきを
飲みこんでいくのだろうか

逢いたい男《ひと》

独り暮らしがままならなくなり
寄る辺のないその人は

病院から施設へ
施設から病院へと転々と移り棲んでいるという

春浅い北国の白い建物を訪ねていくと
暗い廊下を
前のめりの躰を軋ませて歩く人や
太い手摺りに細い手が
小さな影たちが行き交っている
逢いたかったその人は
暮れなずむ真っ赤な陽を黒いセーターに映して
窓の向こう
ずっと　向こうの方へ
ぼんやりとした眼差しを向けて座っていた

日がないちにち
窓のむこうの
遠い道を眺めている　という

やっと逢えたうれしさに
束ねてきた想いを解《ほど》くと
「覚えてはいない」とひんやりとした言葉が
こころの火照りを一瞬に醒ました

溶けてしまった記憶を鎮めて
「また来ます」　と一礼するわたしに
その人は懐かしいハスキーな声で
「または　ない　のだよ」と
きっぱりと眼をとじた

禍々しく入り込んではいけない領域《ところ》に
踏み込んでしまった………

長い年月をなぞるように
大切に持っていたものを仕舞い込むために

わたしは

薄ぺらい作り笑いを
幾ども　くりかえすしかなかった

つれて帰れない

熱い風が吹き終えて
秋は足早にやってきた

花道の道を究めたその人が
薄紫のコスモスの花びら　ひとひら
ひとひらと千切っている
織りなしてきた人とのふれあいが翳り
日々お酒に溺れて倒れ
大きな病院の小さな部屋に移り住むようになっていた

ぼんやりとした瞳の奥にわたしを映して
「みっちゃんが好き　みっちゃんが居る家が好き」
繰り返すから
　哀しいのです
遥か彼方に逝ってしまった母に会えると思っているのだろう
わたしの生まれる前から
わたしを愛してくれたいとしい人よ
もはや訪ねて来る人もいない淋しい人よ

懸命に今を生きようとするけど
季節や年月を何処かにおいてきてしまって

退屈なうす眠りのなかで
生き残されていく時がやせ細り
　白く静かに流れていく

ああ　ままにならないあなたの最終章を
背負えないのが切ないのです

家でわたしの帰りを待つ
　もう一人の介護人がいて…………

無人自動改札機

ふるさとがみたい　と言うので
まるみを帯びた蒼い電車に乗って
懐かしい街に戻ってきた

なだらかな丘陵に
高層マンションが聳え立つ街の
無人自動改札機を通り抜けると

軽やかなサンバが流れている　中央通り
幾つもの店のシャッターは折り畳まれて
人も車も街の喧噪も消去され
赤や黄色のステンドグラスから
幽かな零《こも》れ日が洩《も》れている
乾いたアスファルトのひび割れから
　触れると
折れてしまいそうな草たちが漂って

錆びて折れ曲がったガードレールに座ると
背中で監視カメラの鋭い眼光が
こちらを見つめながら瞬《とき》を刻んでいる

黒々とした欅の腕が退屈そうに動いて
左に曲がるとパンダ公園だ

揺れているブランコに
幼児のじゃれあう声
若い母親たちの楽しげな会話
横町からやって来るチンドン屋さんの太鼓
賑やかなショウワの響きは
駆け抜けた風になっていってしまったらしい
夏の終わりの砂場には
　蝉の脱け殻ばかりでいっぱいだ

透けた羽を拡げ
遠く
ずっと遠い領域《ところ》へ
飛び立って行ったのだろう

人のいないマンションの玄関に
「入居者募集中」の張り紙が張られている
どんな家族がやってくるのだろうか……
いややってこないのかもしれない

時の流れに翻弄された幸が丘ニュータウンの
灯はぽつり　ぽつり　と
いま
冷えていく晩秋のように静まり返っている

　誰かがセイシンを病む男を呼んだのだろうか

「僕はこの街でやり直したい」と
蒼白い男の顔はほんのりと　赤らんだ

「ここにいたいのね」

この男が復帰する一歩になれるのだろうか
燃え尽きてしまったような原風景に
なにをみつけだそうとしているのだろう

選べることはいい
老いてわたしは
選ぶべきものが残されているだろうか……

ガラスの男

ブラインドの隙間から
薄紅色の陽が洩れはじめ
弱々しい指　ゆび先の
ビジネスがかるい一日を終える

赤ばかりが忙しく点滅するスクランブル交差点
毒々しい喧噪のなかへ
孤独がゆっくりと流れていく

色褪せたブルージーンズがボサノバのリズムに
かろやかに絡みつき　陽気な笑い　含み笑い
内緒話がカウンターの上を交錯していく
バーボンは十分に躰を暖めただろうか
日付が羽ばたいて　降りていくころ
愛もなく　精子と卵子が結ばれ
生まれ出た　遠い記憶に呼ばれて

男は黒いピンヒールの流麗な響きに誘われて
夜の縁を歩き始めている
神宮の森を横切り　噎せ返るような消毒臭のする
研究室に足を止めた

不意な風に　扉が開かれていくと
幽かに揺れる瑠璃色の眼窩を
白い壁に滲ませて
黒い影はとろけて
　　もうどこにもみえなかった
蛍光灯が低く燃えて

広い部屋の棚に
幾つも並んでいる透明な器のなかで
黒い音符が　ぴく　ぴくと
いのちの　はかなさ　を育んでいる

男は細く長いガラスのシェルターに入り込んで
ひんやりとして　それでいて
あたたかで懐かしいぬくもりを抱きながら
　こんこんとした深い眠りを
　　織り畳んでいった

草の上で眠る
　五月の子犬のように

水辺巡り

細ったショウヒ社会の夢のあと
都会はビルディングのながい影を曳いて
うっすらと夏の匂いをのこしていた

商談している男たちのボソボソ声
マネーゲームを操っているパソコンや携帯の金属音
華やぐ女たちのたわいもないおしゃべり
寄り添う恋人たちのささやきを
かさね織り交ぜながら……

薄紅色の喧噪のなか
緻密に仕組まれた鉄骨の螺旋状を
テールライトを揺らし黄色いバスが走っていく

騒がしいユビキタスな世界を離れて来たけれども
高層ビル群から放たれる光線が
どこまでも追いかけてくるのが息苦しい

漆黒の山中に入ると横殴りの雨
ワイパーが躍起に動くが
行く手は泡だつ水しか見えない

追い越す車もなく　ユーターンも出来ない
重たく覆い被さってくる樹木の繁りが
ドライバーの太い腕に絡みつく
踏み換える脚　揺れている肩の
ワイシャツの襟の上が滲んでみえない
車内空間を白い吐息だけが縫っていく

社員証をぶら下げた男たちの肩の上の
艶やかなネックレスのうえの
寄せ合っている躰のうえが
　みんな　みんな在ったはずのものがない
頸が　すっぽりとぬけている

だれかの頸もとあたり
薄紫色のしじみ蝶が
ふわ　ふわ　ふんわりと
背もたれに　止まったり
舞い　漂って
　宙をまさぐっている

洩れ出る情報もナビも消え失せて
車体が揺れる度に
　二列に並ぶ背骨たちが怪訝そうに
　　右に
　　左にへと
　　　　傾き蠢く

雨が止んで越えてきた荒野のむこう
スクラップされた自動車
赤錆が浮き上がっている鉄骨
両足のないオフィスデスク
色褪せたサンギョウハイキ物が
　小高い山となって静かに寝入っている

ぼんやりとした月のひかりが
持っていた物　使い捨てにされたものを
愛おしみ抱いている
　美しい廃墟であった

無情な絵空事を追いかけ
月のひかりはやって来る夢を繋ぐだろうか
バスは幽かな水の響きに沿って
えいえんと　走りつづけていく

防犯カメラ

高速道路の
しぜん渋滞はドミノゲームのようにつづいて
消えていく車列は腰を振りながら
コンクリートの道をのぼっていく

菩提樹の木に
ひとつの闘いを終えた蟬の脱け殻がへばりつき
茶色い幹に薄い爪先をたてていた

さかりを過ぎた陽《ひ》が眩しい
閑散とした中央公園の
人の流れに置き忘れた場所に私がいる

社縁の輪から解かれた顔の見えない男たちが
胸の中に孤独な貌《かお》を隠し持って

揺れ動く紙コップをかさね
あの日をなぞりあっている
　妙に淋しげな時のたまり場だ

きらびやかな円形ビルディングの
オフィスの窓から
　　ひかりが乱反射している

誰かの携帯が
　午後三時を告げた
　　街はまだ空っぽだ
みんな不満げに発泡酒を
　飲み終えると
もう何も　やることがなかった……

仕舞われた宴のあと
季節を先どりしたつめたい風が
角ばった頬を横切って

鳥たちは　わたしのうえを幾度も旋回して
ふたたび　碧空へ舞いあがっていった

わたしはいつまでも
うごけずに
かたまったまま
ここにいる

群青のパレード

さわ　さわと
朱色の垂れ幕が靡いて
白熱する祝いセールの
音楽に踊らされている人　ひと　人

マロニエ通りを行く手の中へメールが届く
　　男が列車へ飛び込んだ　と

途切れた記憶の向こうで何があったのだろう
折れた脚に　醒めたスポンサーの驕り
絶えず惑乱され続けたダンスシューズが
　舞い終えた　ところ

わたしは思いおこす
一袋のパンの耳を男と分け合いながら暮らした日々を………

銀座通りをオープンカーがいく
時の風に身を委ねた街路樹の
黄色い葉々を揺すって

優勝パレードが行く
　歓声が拡がり
　微笑は零れて
　　れんめん　とつづく

そのときわたしは
通り過ぎていく誇らしげな勝利の顔も
滲んで消えていく敗者の面影も
　朧げで　　分からなくなって

世界が初めなのか　終わりなのか
　非在が　実在が
同時にかさなりあい
急ぎ足で　透けていく

蟷螂の宴

ちいさな虫けらたちは
冷え切って
誰も抵抗できなかった
　　ひとつのけんりょくに

蟷螂の館では奇態な祝勝会がはじまり
大皿から溢れ出る料理が重たげに
ぐるり　ぐるり　と廻っている

太鼓持ちのハラビロ蟷螂のドラマーは賑やかで
何も知らされていない子蟷螂を巧みに踊らせて
大蟷螂の複眼は周りを見下し
陰謀のネットを張り巡らすチョウセン蟷螂のささやきににんまりと頷く

鼻先を操る怪しい匂いに
背信したものまでが琥珀の水に噎びながら
あまやかな宴を飾っている

触れるものの　すべてを　口に運んで
飲んで
　　歌って
踊って
膨らんでいく音が
がらんどうな空間を渡っていく

短い夜が宴を飲みほして
記憶となったかるい皿が
くるり　くるりと巡っている
静まりかえった虚飾の席には誰も見えなかった

胸の中を晒したハラビロ蟷螂の腑が飛び散り
チョウセン蟷螂の舌から滑り落ちた子蟷螂の細い脚がわずかに蠢き
逆三角の貌を失った目玉だけが哀しげに光った

変転極まりない宴のおわり
螺旋階段をのぼりつめた大蟷螂の鎌先が
まとわりつく手や脚を振り切って

無明の踊り場で
おのれの脚を口に
銜えていた

群団の鳥

チェーンソーの音が止み

独裁者の鋭い刃に切り落とされた楓の
火照っている切り口に
かさかさとした初秋の風がふきつけている

帰る場所を失くし
追われた漂鳥たちが
閉鎖された工業団地の
赤錆色の空のうえを
　　　　ただよっている
みんな何処へいってしまったのだろうか

賑やかで寂しい場所から
崩壊されて木の葉も舞ってこない
ざらざらとした都会を逡巡している

綺麗に舞い終えたのだろうか
ひとつの夢を
決して泣かなかった企業の仮面《かお》

れんめんとつづく道……だだっぴろい街だ
「私の暗証番号を知りませんか」
いたましい老女の声が縺れながら届く

未来を曳いてゆくのだろうか
還り道を急がせて特急列車が
噎せ返る都会の匂いを消去して
架線にパチパチと火花を咲かせながら
街と街とを縫って走っていく

騒がしい警笛の響きが
寂しい轍の風を切って
やさしい眠りにつける流域へと流れていった

眠れない列車

閉ざされた車窓のなかで
山脈を走っていくダムのパイプが遠のいて
太陽光のパネルがいやに眩しい

彷徨った夏の
体制と多勢に流され続けた繁栄
まやかしのブームはやって来た時よりも
遥か足早に底をついて去っていった

ひっそりと固まっている集落の中心に
色を失った小学校の
誰のものでもなくなったブランコが
時を持て余しながら
うすい一日を幽かに揺すっている
物造りを終えた工場の敷地で
赤　橙　薄茶色の葉っぱたちが賑やかな顔の
表　裏をかえしながら漂い
時は流れず　積み重なってゆくだけだ

入り込んだ急勾配を登り
とろ　とろ　と越えてきた列車が
タイヤを軋ませて　止まった

モノトーンの虚構を追いかけ
何を眺めているのだろうか
　笑ってしまうような絵空事か
わたしという　うすっぺらな器の
色褪せた一片のなかに

組織の軋轢に染まり
神経を病んで
行き場を亡くした華奢な息子が
這うように　ずり落ちてきた

ここが居場所なのだろうか
部屋の隅でかたまってしまった翅をとじ
物憂く滲んだ頰を凍てつかせている

ざわめき苦しむこころを
どう鎮めたらいいのだろうか
なんの手立てもない
　老いて影でしかないわたしに……
佇んだ駅舎の片隅で
細い頚をのばした吾亦紅のあたまが
たよりげなく絡みあいながら
ゆらゆらと揺れている

追いだしたものは
追い出されるものとなって
　疼き
いずれかは　　細る

欠落は埋められるだろうか
静止していた下りの列車が
きつい金属音を　放って
ゆっくりと上りへの列車となって動き始めた

壊れる

「これ以上続けると壊れる」と
胸元にぶら下がっていた社員証を
外して帰ってきた男は

細い身を縮めて錠前を取りつけ
憂いが膨らんでいく部屋の
奥に籠もってしまった

囲みの部屋は遠く
出窓から覗く空が
妙に哀しかった

北の部屋で　おもいでに生き
日々をもて余しているおんなが
なまえ　ひにち
みんな分からなくなっちゃって
　わたしが壊れていく……と
鬱ら　うつら　と微睡んでいる

街路のアスファルトが太陽を眩しく跳ね返して
風が　さらさらと流れてくる

「今度ドアーが開いたら」
生まれ変わって出ておいで　と私は呟いた

暮れなずむ空に
むかいのふたつのドアーがひらいて
薄い衣を羽織った少女と
黄色いシャツの少年がたたずんでいた

眠りの海

鬩ぎ合う組織の
諍いの間からはみでて
職を失い疲れ果てた男が
戸惑っている場所へ

鳴らしても
ならしても
繋がらない

何事もなかった今日が終わろうとしていた
「僕なんか生きる理由がない」と
昨日いい放った奇妙な言葉が気になりだし
蒼いマンションへと
まさかが手探る血が走っていく

ノックしても
　叩いても
　　叩いても

応答のない扉に

ああ　なんとか答えて

ベランダから侵入《はい》ると
そこは眠りの海
荒々しい海を渡ってきたのだろうか
群青色の上掛けが膨らんだり沈んだりして
淋しい潮騒を響かせながら
　こん　こん　と
海の懐の中で寝入っている

どうしてこんなにも眠り続けて
いられるのだろうか……

壊れてしまったこころを癒すには
眠り続けることしかないのだろうか

ひんやりとした沈黙と濃密な眠りに
にべもなく漂うふたつのうすい影は
群青の海にひきこまれぼんやりと佇んでいた

薄紫のひかりの中で
折り畳まれなかったひとつのパソコンの
真っ黒い画面が

さんざめく眠りの海にむかって
ほんの　ほんの少しだけ瞬いては
失われてしまった望みを

もの哀しい闇の中でまさぐりながら
男が眼差しをあげてくる瞬《とき》を待っていた

著者略歴
水島美津江（みずしま・みつえ）

アルチュール・ランボーに触発されて詩を書き始め、「砂」「地球」をへて1995年個人誌「波」を創刊。現在「地平線」同人。

詩　集　1976年『蒼ざめた海』
　　　　1991年『ブラウバッハの花火祭』
　　　　1998年『白い針ねずみ』
　　　　2005年『冬の七夕』第39回小熊秀雄賞

現住所　〒353-0005　埼玉県志木市幸町 3-22-7

詩集　冬《ふゆ》の蟬《せみ》

発　行　二〇一九年十月九日

著　者　水島美津江
装　丁　司　修
発行者　高木祐子
発行所　土曜美術社出版販売
〒162-0813　東京都新宿区東五軒町三―一〇
電　話　〇三―五二二九―〇七三〇
FAX　〇三―五二二九―〇七三二
振　替　〇〇一六〇―九―七五六九〇九
印刷・製本　モリモト印刷
ISBN978-4-8120-2532-1　C0092